nickelodeon

BIENVENUE CHEZ LES LOUD

Mystère en cuisine

Adaptation : Olivier Gay.
Création graphique du roman : Le chalet graphique.
Hachette Livre, 58, rue Jean-Bleuzen, 92178 Vanves Cedex.

nickelodeon

BIENVENUE CHEZ LES LOUD

Mystère en cuisine

hachette
JEUNESSE

LINCOLN

Dans la famille Loud, il y a toujours de l'ambiance. Il faut dire qu'avec onze enfants, on ne s'ennuie jamais. À 11 ans, Lincoln est le **seul garçon**. Et pour survivre à ses dix sœurs, autant avoir un plan et rester zen !

11 ans

LORI

Lori est l'aînée de la fratrie et la **chef** auto-proclamée. Son portable à la main, elle passe son temps à appeler Bobby, son petit ami.

17 ans

LENI

Naïve et tête en l'air,
Leni est toujours
à la pointe de la **mode**.
Elle dessine et coud
des tenues hyper stylées !

16 ans

LUNA

Luna, la **rock star**,
adore parler en chantant
et jouer de la guitare,
son instrument préféré.
Avec elle, difficile d'avoir
un peu de calme.

15 ans

LUAN

Comédienne dans l'âme, Luan est un vrai petit **clown**. Elle raconte sans arrêt des blagues et adore faire rire son frère et ses sœurs.

14 ans

LYNN

Pour Lynn, il n'y a rien de mieux que le **sport**. Plus elle peut se dépenser, plus elle s'amuse !

13 ans

LUCY

À 8 ans, Lucy ne parle que de choses tristes et effrayantes. Avec son look **gothique**, elle fait peur à Lincoln, qui ne la voit souvent qu'au dernier moment.

8 ans

LANA

La jumelle de Lola est son parfait opposé ! Elle aime fouiller les poubelles pour y trouver des choses **sales** et dégoûtantes.

6 ans

LOLA

Lola se prend pour une vraie **princesse** ! Seuls le rose et les paillettes trouvent grâce à ses yeux.
Très maligne, elle obtient souvent ce qu'elle veut.

6 ans

LISA

Du haut de ses 4 ans, Lisa est la plus **intelligente** de la famille.
Cachée derrière ses grosses lunettes, elle a réponse à tout !

4 ans

LILY

Le petit **bébé** des Loud est la chouchoute de toute la famille. Surnommée affectueusement « la machine à popo », Lily cherche par tous les moyens à se débarrasser de sa couche sale !

15 mois

CLYDE

Fils unique, Clyde adorerait avoir plein de sœurs. Toujours fourré chez Lincoln, son **meilleur ami**, il est fou amoureux de Lori.

11 ans

Des recettes similaires

Lincoln Loud est le seul garçon d'une famille de onze enfants – ce qui signifie qu'il a dix sœurs ! Autant dire qu'il n'est pas souvent tranquille et qu'il a rarement le salon à sa disposition.

Mais aujourd'hui, toutes ses sœurs sont dans leur chambre et il en profite pour gober des myrtilles sur le canapé

du salon. Il les lance en l'air et ouvre la bouche bien grand – c'est plus difficile qu'on l'imagine !

Heureusement, il se débrouille plutôt bien – jusqu'à ce qu'il entende quelqu'un frapper à la porte. Surpris, il perd l'équilibre et tombe derrière le canapé, renversant les fruits au sol !

Du haut de l'escalier lui parvient la cacophonie des voix de ses sœurs.

– Que quelqu'un aille ouvrir ! crie Lori.

– Qui est là ? demande Lisa.

– Lincoln, dépêche-toi ! lance Lola.

On frappe à la porte.

– Va ouvrir ! ordonne Leni.

Quand on disait que Lincoln ne peut jamais être tranquille ! Pourquoi doit-il y aller, lui, alors qu'il était particulièrement occupé ?

– D'accord, d'accord, j'y vais, grommelle-t-il en se relevant péniblement. C'est bon, je ne suis pas sourd.

Il ouvre la porte et se retrouve nez à nez avec Clyde. D'habitude, ils passent leur temps à jouer ensemble, mais, aujourd'hui, son meilleur ami a l'air affolé.

– Salut, comment tu…, commence Lincoln.

– Pas le temps de bavarder, l'interrompt Clyde en se précipitant dans la maison.

Il court jusqu'à la cuisine et renverse le contenu de son sac à dos sur la table : ce sont des boîtes de plats à réchauffer.

– Tu peux m'expliquer ? soupire Lincoln avant de s'emparer de l'une

des boîtes et de lire l'étiquette : « Le Fin du Fin des Festins Givrés ».

Son ami met quelques assiettes dans le micro-ondes et croise les bras, clairement exaspéré. Qu'est-ce qui a pu le mettre dans un tel état ? D'habitude, il est toujours d'humeur égale.

– L'heure est grave, nous avons un problème, grogne-t-il.

– C'est clair ! confirme Lincoln. Tu manges des plats surgelés, maintenant ? Tu es sûr qu'il n'y a rien qui cloche ?

Ses deux pères font très attention à leur éducation et se contentent rarement d'un repas réchauffé au micro-ondes.

– Oui, on mange ça en attendant que notre cuisinière à gaz arrive d'Italie, explique Clyde. Mais ce n'est pas ça, le souci. Revenons à nos affaires.

Il enfile des maniques et sort les plats encore fumants du four.

– Alors pourquoi est-ce que tu as…, s'étonne Lincoln.

De nouveau, son ami l'interrompt, en lui glissant de la nourriture dans la bouche. Le pauvre garçon s'étouffe à moitié et crache un épais nuage de fumée.

– C'est trop chaud, ton truc, tu as failli me brûler. Tu le sais, ça ? s'énerve-t-il.

Mais au lieu de lui répondre, Clyde lui fait avaler de force une nouvelle bouchée.

– Écoute, Clyde, laisse-moi te dire..., tente encore Lincoln.

Et une troisième cuillerée disparaît dans son estomac. Il hurle et danse sur place tellement son palais le brûle. Quelle mouche a piqué son ami ?

– Alors ? demande ce dernier, curieux. Ça ne te rappelle rien, tous ces goûts ?

Maintenant qu'il peut reprendre son souffle, Lincoln prend le temps de réfléchir. En effet, il y a quelque chose de louche. C'est la première fois qu'il goûte ces plats, et pourtant, il connaît toutes leurs saveurs. Il les connaît même très bien…

– Ces lasagnes me font penser à celles de mon père. Tout comme ces croquettes de pâtes… et ce steak haché aux légumes, déclare-t-il en pointant du doigt les boîtes de Festins Givrés les unes après les autres. C'est bizarre, non ?

M. Loud travaille dans un restaurant où il met en application les nombreux plats qu'il a préparés à la maison pour sa famille nombreuse. Soudain, Lincoln comprend pourquoi son ami est dans un tel état :

– Attends, tu crois qu'ils ont volé les recettes de mon père ?

– Sûrement, réplique Clyde. Tu vois une autre explication, toi ? Quand j'ai goûté ces trucs, ça m'a tout de suite frappé !

D'habitude, Lincoln est le premier à donner des conclusions hâtives sans pousser la réflexion plus loin mais, cette fois-ci, il s'agit de nourriture – et de sa famille. L'enjeu est doublement important ! Il fouille dans le frigo et récupère plusieurs boîtes en plastique avec des restes de la cuisine de son père.

– Avant de paniquer, on doit être sûrs de nous, annonce Lincoln. Alors il est temps de réaliser une petite expérience. Prends les plats surgelés et suis-moi !

Quelques minutes plus tard, Lincoln et Clyde se tiennent devant une énorme machine qui occupe la moitié de la chambre de Lisa. Celle-ci a de grosses lunettes de protection sur le nez et fait descendre un petit plateau. Lorsqu'il faut mener des expériences dans la famille, tout le monde se tourne vers elle. La petite sœur de Lincoln est un véritable génie et passe

son temps à bricoler des inventions toutes plus compliquées les unes que les autres. Et parfois, elle arrive même à ne pas les faire exploser.

– Déposez vos échantillons, messieurs, annonce-t-elle avec gravité.

Obéissants, les deux garçons poussent les boîtes à l'intérieur ; d'un côté, les fameux Festins Givrés, de l'autre les croquettes de pâte qu'ils ont trouvées dans le frigo.

– Nous aussi, on doit mettre des lunettes ? s'inquiète Lincoln.

– Euh, non, c'est juste histoire de faire plus sérieux, réplique sa sœur.

Elle commence à pianoter à toute vitesse sur les touches de son appareil et explique :

– J'ai construit cet analyseur chimique grâce aux subventions du gouvernement norvégien. Il permettra de comparer les ingrédients des recettes de papa avec ceux des plats surgelés.

Des boutons se mettent à clignoter, du liquide passe dans différents tubes et la machine commence à trembler alors qu'elle entre en action. Les deux amis se regardent, fascinés ; Lisa est vraiment géniale !

Enfin, une feuille de papier sort d'une fente avec tous les résultats inscrits dessus. La jeune fille s'en empare et fronce les sourcils en lisant :

– Mmh, fascinant, non ? marmonne-t-elle. Les compositions sont parfaitement identiques. On retrouve même l'ingrédient secret de papa dans les croquettes de pâtes.

– Un filet de sauce caramel ? demande Lincoln.

– Affirmatif, confirme Lisa. Et c'est très malin, d'un point de vue scientifique, car le sucré fait ressortir le salé.

Elle a beau être surdouée, elle reste une enfant, et elle se met à saliver à la perspective d'un aussi bon repas !

Mais, de son côté, Lincoln prend la nouvelle avec colère. Qui a osé faire ça ?

Disparition du livre de recettes

Personne ne s'en prend impunément à la famille Loud sans en payer le prix. Lincoln est bien décidé à découvrir le fin mot de l'histoire.

– Quelqu'un a donc vraiment volé les recettes de mon père, grogne-t-il. Voilà une nouvelle mission pour…

Les deux amis se regardent et, soudain, arrachent leurs vêtements pour se retrouver dans la combinaison de leurs héros de BD préférés. Clyde porte désormais une moustache et un bandeau sur l'œil, tandis que Lincoln a un masque et fait flotter sa cape bleue au vent.

– Jack le Borgne ! crie Clyde.

– … et Ace Savvy ! complète Lincoln.

– Vous avez toujours vos costumes sous vos habits pour sauter sur ce genre d'occasions ? demande Lisa en levant les yeux au ciel.

D'accord, elle est un peu étrange, mais de son point de vue, son frère l'est tout autant !

– Évidemment, cela fait partie de notre mission, confirme fièrement Clyde.

Il tire sur son cache-œil, qui lui revient en pleine figure et le fait tomber dans le lit de bébé de Lily sur lequel il tenait en équilibre. Ce n'est pas facile tous les jours d'être un super-héros...

Pendant ce temps, M. Loud n'est pas au courant du drame qui se joue.

Il est même d'excellente humeur et chantonne en pétrissant la pâte dans son restaurant.

– Hey, j'élabore ma recette, tout en harmonie, je prépare mes boulettes, pour mes, euh…

Il cherche un mot qui rimerait avec « harmonie » et complète :

– … spaghettis. C'est bon, ça rime !

Mais sa joie de vivre ne va pas durer longtemps : Lincoln et Clyde entrent en courant, toujours déguisés comme leurs héros.

– *Ayaaa !* hurlent-ils tous les deux.

Depuis le temps, M. Loud n'est plus surpris par ce

genre d'arrivée. Il se contente de boxer dans le vide et leur lance :

– Ace Savvy et Jack le Borgne ! Asseyez-vous ! Dans mon restaurant, les justiciers sont mes invités !

– C'est gentil, papa, réplique son fils, mais là, tout de suite, Clyde et moi avons surtout faim… de justice !

Ils sautent en l'air et miment les poses de leurs héros favoris.

– Oh, vous avez une mission ? admire M. Loud sans s'arrêter de cuisiner. Qui est la pauvre victime, aujourd'hui ?

– Euh… c'est toi, bredouille Lincoln.

– Tu peux répéter ? s'étonne son père.

Sous l'effet de la surprise, il écrase toute la pâte qu'il était en train de malaxer.

– On pense que quelqu'un a volé vos recettes et les a vendues au Fin du Fin des Festins Givrés, explique Clyde en sortant l'une des boîtes cachées dans son dos.

– Cette analyse chimique des ingrédients en est la preuve, ajoute Lincoln.

Il tend la fiche de Lisa à son père, qui la lit rapidement avant de s'interrompre, choqué.

– Wow, attendez, ce n'est pas possible ! Je range toujours mon livre de recettes ici, avec tous les bocaux que Lynn doit m'ouvrir.

Lynn est sa fille la plus sportive ; elle fait du foot, du basket, du hockey, du rugby, et arrive à enchaîner cinquante pompes sans difficulté ! Alors, bien sûr, elle est suffisamment forte pour ouvrir n'importe quel bocal récalcitrant !

– Une petite minute, s'étonne M. Loud en regardant à l'endroit habituel. Il a disparu ! Où est-il passé ? C'est impossible… attendez… non !

Maintenant, il est vraiment paniqué et jette des boîtes de conserve dans tous les sens, à la recherche de ses recettes. Bientôt, il doit se rendre à l'évidence et se met à sangloter, à quatre pattes sur le sol :

– Noon ! Il a disparu ! Mon précieux livre, où es-tu ?

Pour Clyde, ce n'est qu'une enquête comme une autre. Il sort donc un carnet pour noter la déposition de la victime. Après tout, c'est comme ça que Jack le Borgne agirait.

– Pourriez-vous nous le décrire, s'il vous plaît ? demande-t-il.

– C'est simple, ce recueil contient absolument tout, sanglote M. Loud. Toutes les recettes que j'ai apprises en cours de cuisine depuis, depuis, depuis, depuis tout petit !

Lincoln n'a jamais vu son père dans un tel état. D'habitude, il fait contre mauvaise fortune bon cœur et ne se laisse pas abattre ; même lorsque la famille s'est retrouvée coincée sur une île déserte, il a été capable de garder courage. Mais cette fois-ci, il pleure sans retenue et son fils ne sait pas trop comment réagir. Dans le doute, il lui tapote le dos :

– Ne t'inquiète pas, ça va aller. Dis-nous à quoi il ressemble.

– Oh, très bien, d'accord, renifle M. Loud. Il s'agit, euh… d'un… d'un livre noir. Avec des taches de sauce sur la couverture. Et j'ai écrit « Propriété de M. Loud » à l'intérieur.

Tout en parlant, d'autres souvenirs lui reviennent et il commence à tâtonner dans sa poche :

– Attendez, attendez. Tenez, voici une photo de nous deux. C'était l'année dernière, le jour de Noël. Il me manque tellement !

Sur le cliché, on voit en effet M. Loud en train de lire un carnet noir, avec une dinde à côté de lui. Dire qu'elle ne se doute pas qu'elle va passer à la casserole !

Le cuisinier se roule en boule sur le sol, et Lincoln lui tapote doucement le front pour essayer de le consoler :

– C'est fini, ce gros chagrin ? Fais-nous confiance. Ce méchant voleur ne sait pas à qui il a affaire !

Il fait tournoyer sa cape et prend l'air sérieux, comme son héros avant de se lancer à la poursuite d'un coupable. De son côté, Clyde reste un peu en arrière pour valider un dernier point :

– J'ai bien noté que les justiciers étaient vos invités, alors gardez-moi un plat de spaghettis…

Même si le monde s'effondre, il ne faut pas oublier l'essentiel !

Ace et Jack mènent l'enquête

Après avoir pris congé de M. Loud, les deux enquêteurs en herbe font les cent pas devant le restaurant en réfléchissant à la situation.

– Alors, Jack, nous savons que le livre se trouvait dans la cuisine, déclare Lincoln. Qui peut y accéder ?

La porte du restaurant est fermée à clé lorsque M. Loud ne s'y trouve pas, et les seuls qui ont la possibilité d'entrée sont donc…

– Les employés ! répond Clyde.

Tel son héros, il sort de son costume des cartes représentant les trois personnes qu'il a en tête :

– Grant, Kotaro et ton père. Mais nous savons que ce dernier n'est pas coupable.

– Dans ce cas, nous n'avons plus que deux suspects, se réjouit Lincoln en lui arrachant les cartes correspondantes. Nous allons les cuisiner, ils vont vite se mettre à table.

– Oh, belles métaphores gastronomiques, admire son ami.

Lincoln rougit sous le compliment ; ça lui est venu spontanément. Et il se sent vraiment dans la peau d'Ace Savvy, qui parvient à plaisanter même dans les situations les plus désespérées.

Les enfants quadrillent la ville pour trouver Kotaro, qui est en train de retirer de l'argent à un distributeur. Ils surgissent à côté de lui tellement brusquement que le pauvre fait un bond de frayeur !

– Bonjour, Kotaro ! lance Lincoln, adossé à la machine.

– Que faites-vous ici, les garçons ? demande l'employé une fois remis de sa surprise.

– C'est nous qui posons les questions, compris ? réplique Clyde en regardant l'écran. Vous avez une jolie somme sur votre compte en banque, comment est-ce que vous vous l'êtes procurée ?

Il indique du doigt le distributeur de billets qui affiche encore les comptes de Kotaro.

– Je… je ne veux pas en parler, bredouille ce dernier.

Voilà qui est vraiment suspect ! Alors qu'il avance vers le distributeur, Lincoln s'interpose pour lui cacher l'écran :

– Vous avez le choix entre la méthode douce ou la méthode dure, gronde-t-il.

– *Psst,* l'interrompt Clyde, je ne connais que la méthode douce.

Heureusement, ils n'ont pas besoin de réfléchir à une manière de faire pression sur Kotaro, qui soupire et finit par tout avouer :

– Très bien. Ma grand-tante est décédée et j'ai hérité de son argent.

– Vraiment ? Vous n'avez rien trouvé de mieux ? se moque Lincoln. On ne nous la fait pas ! Le coup du parent mort, c'est la manière la plus simple d'expliquer l'apparition d'une somme d'argent sur son compte. Mais nous savons que vous mentez !

– Bonjour, Kotaro, interrompt la voix de Lucy.

La petite sœur de Lincoln est gothique jusqu'au bout des ongles ; elle a une obsession pour tous les sujets morbides, adore les vampires et a une très mauvaise habitude : elle surgit toujours sans que personne ne l'aperçoive et fait sursauter tout le monde !

– J'espère que vous avez apprécié les funérailles, continue-t-elle.

– Oui, Lucy, je te remercie, répond l'employé. Ton éloge funèbre nous a tous bouleversés.

Il sort quelques billets qu'il tend à la petite fille pour payer sa prestation. En tout cas, il ne semble pas avoir menti : sa grand-tante est bel et bien morte, et il revient même de son enterrement ! Les larmes aux yeux, il se laisse entraîner par Lucy, laissant Lincoln en plan. Le garçon ne sait plus où se mettre ; sans le vouloir, il a été affreusement malpoli.

– Euh… toutes nos condoléances, s'excuse-t-il tandis que l'employé s'éloigne.

– On devrait peut-être acheter des fleurs, suggère Clyde.

Malgré tout, l'enquête a quand même progressé. Si Kotaro n'est pas le coupable, alors c'est forcément Grant. Il est temps de lui rendre une petite visite…

Le garçon est en pleine promenade à vélo, et les deux amis le prennent en chasse avec un tandem. Lincoln se tient derrière pour que sa cape bleue flotte au vent !

– Bonjour, Grant. Il est beau, ce vélo, lance-t-il. Ce n'est pas donné, un vélo neuf.

– Je sais, répond l'employé en souriant, mais on me l'a…

– Oui… elles sont jolies, ces baskets, le coupe Clyde. Elles sont toutes neuves aussi ?

Les deux garçons se sont vraiment mis dans la peau de leurs héros et n'hésitent pas à mener un interrogatoire agressif. Mais Grant ne se laisse pas déstabiliser.

– Oui, admet-il.

– Ça vous a certainement coûté une fortune, reprend Clyde.

– Il sort d'où, cet argent, on peut savoir ? demande Lincoln avant

d'accuser, le doigt tendu : vous avez vendu les recettes de mon père au Fin du Fin des Festins Givrés ?

Voilà une question vraiment spécifique !

– Ce sont des cadeaux de mes parents, explique Grant. C'était mon anniversaire, samedi.

– « Des cadeaux de mes parents », se moque Clyde. Vous n'avez rien trouvé de mieux ? On ne nous la fait pas, à nous !

– Euh, vous étiez au restaurant quand M. Loud a apporté mon gâteau d'anniversaire, proteste l'employé.

– Ah oui, se souvient Clyde, le sourire aux lèvres. Avec son délicieux glaçage au fromage et son filet de sauce caramel. Je m'en souviens, maintenant que vous le dites. Désolé, Grant !

– Pas de problème, répond ce dernier. Attention à la voiture !

Trop concentrés sur leur interrogatoire, les deux enfants conduisaient le tandem sans regarder la route. Malgré l'avertissement de Grant, ils heurtent de plein fouet une voiture garée au bord du trottoir ! Ils font un vol plané et atterrissent… dans des poubelles.

Voilà qui n'arriverait pas aux vrais Jack le Borgne et Ace Savvy. Décidément, cette enquête ne se déroule pas comme prévu.

Une mission délicate

Après l'échec de leurs interrogatoires, les deux enfants retournent devant le restaurant de M. Loud. Dépité, Lincoln jette au loin une peau de banane pourrie qui lui colle au costume depuis sa chute dans les poubelles.

– Bon… j'ai bien peur que nous soyons dans une impasse, soupire-t-il. Nous avons interrogé les deux suspects, mais ils avaient des alibis. Après tous ces efforts, je ne sais toujours pas qui a pu vendre les recettes de mon père au Fin du Fin des Festins Givrés.

– Peut-être qu'elles n'ont pas été vendues et qu'ils les ont juste volées, suggère Clyde. Après tout, l'entreprise se trouve ici, à Royal Woods.

– Quel génie ! s'écrie Lincoln, regonflé à bloc. Peut-être qu'un employé a dîné au restaurant, qu'il a adoré tous les plats et qu'il a volé le livre pour son entreprise.

– Exactement, confirme Clyde, ravi que son idée soit retenue. Direction le Fin du Fin des Festins Givrés, sans plus attendre ! Nous allons les passer à la casserole.

– Oh, belle métaphore gastronomique, admire cette fois-ci Lincoln.

Chacun son tour ! C'est ça qui est bien, avec Jack le Borgne et Ace Savvy, ils sont tous les deux des héros, et l'un n'est pas plus important que l'autre.

Les enfants traversent la ville pour rejoindre le siège de l'entreprise des Festins Givrés. Ils bondissent dans le hall d'entrée, toujours vêtus de leurs costumes, et se dressent devant l'agent de sécurité.

– Salutations, monsieur, lance Clyde, les mains sur les hanches. Mon équipier ici présent et moi-même menons une enquête sur une terrible affaire de recettes volées.

– Il nous faut donc une salle de réunion pour interroger tous vos employés,

déclare Lincoln, avant d'ajouter : et une lampe à braquer sur leur visage.

Il a vu ça dans les films et les bandes dessinées : lorsqu'on interroge quelqu'un, il faut toujours braquer une lampe sur lui !

La réponse ne se fait pas attendre : l'agent les envoie promener à grands coups de pied aux fesses, et les deux amis volent tellement haut qu'ils heurtent le poteau avec le drapeau de l'entreprise !

– Aïe ! gémissent-ils.

Pourtant, dans les bandes dessinées, Ace Savvy parvient toujours à obtenir l'aide des autorités. Il faut croire que c'est plus compliqué pour des enfants de onze ans.

L'approche directe n'a pas fonctionné, mais qu'à cela ne tienne,

Lincoln et Clyde ont d'autres tours dans leur sac. Ils enfilent des bleus de travail, prennent des outils et se collent de fausses moustaches. Ils sont… très mal déguisés, mais ça ne les empêche pas de revenir à la charge.

– Bonjour, monsieur, nous sommes plombiers et nous venons déboucher vos tuyaux, lance Lincoln.

– Car, comme on vient de le dire, on est plombiers, ajoute Clyde.

Sans répondre, le gardien leur arrache leur moustache… puis les jette de nouveau dehors. Décidément, ce n'est pas facile de tromper sa vigilance !

Il est temps de mettre en place le plan numéro trois !

– Pin-pon, pin-pon, pin-pon ! chantonnent les enfants.

Ils retournent dans le hall, vêtus en pompiers, en traînant une lance d'incendie. Heureusement que leur malle de déguisements est inépuisable !

– Excusez-moi, monsieur. On a reçu un appel pour..., commence Lincoln, avant d'hésiter. Pour quoi, déjà ? Euh. Pour un incendie qui s'est déclaré au neuvième étage.

– Nous devons intervenir immédiatement pour l'éteindre, précise Clyde.

L'agent de sécurité les a démasqués, bien sûr, mais il n'a même pas le temps d'intervenir : les deux amis n'ont pas vérifié que l'eau était bien coupée. Le liquide remonte le long de la lance d'incendie et jaillit en une gerbe sous pression qui les propulse à l'extérieur du bâtiment.

– Cette fois, c'est notre faute, grimace Lincoln, étalé au sol alors que l'eau lui coule dessus.

À court d'idées, les enfants s'assoient sur les marches du siège de Festins Givrés. Ils étaient pourtant fiers de leurs stratégies. Ils pourraient encore se déguiser en docteur ou en chasseur de primes, mais ils ne sont pas certains que ça les aiderait à entrer.

– Et maintenant, qu'est-ce qu'on fait ? demande Clyde. On a joué nos meilleurs atouts.

Mais soudain, comme pour lui répondre, un camion de livraison s'arrête juste devant l'entreprise. Un homme en sort, des cartons dans les bras.

– Je crois bien qu'on a de nouvelles cartes en main, se réjouit Lincoln en parlant comme Ace Savvy.

Ils montent discrètement dans le camion, se dissimulent dans des boîtes et le livreur les emmène dans le bâtiment. Il passe la sécurité sans difficulté, puis dépose son chargement dans un grand hangar. Une fois sûrs d'être seuls, les enfants sortent de leur cachette, à bout de souffle.

– On n'avait peut-être pas besoin de tout ce polystyrène, halète Clyde, à moitié étouffé.

De son côté, Lincoln prend le temps de recracher toutes les billes qu'il a eues dans la bouche – et il y en a beaucoup – avant de répondre :

– Allons chercher des indices.

Les apprentis détectives commencent à fouiller l'entrepôt de fond en comble, mais ils ne trouvent rien d'intéressant. En revanche, Clyde lève soudain le nez et renifle l'air, curieux :

– Tu sens cette odeur ?

Lincoln pousse une exclamation :

– Des oignons sautés, de la mie de pain, du poivre noir. Je reconnais ces boulettes de viande !

– Celles de ton père, confirme son ami. Suivons ce délicieux parfum !

Cette fois-ci, c'est sûr, les deux détectives touchent au but…

Mildred la cuisinière

Clyde et Lincoln se glissent discrètement dans les couloirs et se repèrent au fumet jusqu'à arriver devant une grande double porte vitrée. De l'autre côté, ils aperçoivent une vieille dame en train de faire la cuisine, un livre de recettes devant elle. Et ce recueil est tout noir avec des taches de sauce sur la couverture.

– C'est le livre de mon père ! s'étrangle Lincoln. Nous avons trouvé notre voleuse !

– L'heure est venue de la cuisiner à petit feu ! se réjouit Clyde.

Cela faisait longtemps qu'il avait préparé cette expression et il attendait le meilleur moment pour la sortir. Malheureusement, Lincoln est trop concentré sur la confrontation à venir pour le féliciter. D'un grand coup de pied, il ouvre la porte et fait irruption dans la cuisine, furieux :

– Pas un geste, madame la voleuse !

La vieille femme pousse un cri de terreur en pensant que des bandits tentent de l'agresser,

mais elle est vite soulagée en voyant à qui elle a affaire.

– Saperlipopette ! Nom d'une cuillère en bois ! On peut dire que vous m'avez fichu les chocottes !

– Lâchez cette spatule et arrêtez votre petit jeu ! ordonne Clyde.

Surprise, la vieille femme obéit.

– Nous savons que vous avez volé ce livre de recettes ! ajoute Lincoln.

– Que… quoi ? s'agace la cuisinière. C'est aussi farfelu que deux jeunes garçons en pyjama en plein après-midi ! Cela fait des années que je remplis ce livre de recettes.

– Ah bon ? Vraiment ? se moque Lincoln. Alors pourquoi le nom écrit à l'intérieur est… euh… Mildred Scalise ?

Il s'attendait à tomber sur la signature de son père, mais à la place, la première page est entièrement remplie par une phrase : « Ce livre appartient à Mildred Scalise ». Serait-il possible qu'il se soit trompé une fois de plus ?

– Une minute… qui est Mildred Scalise ? demande-t-il.

– C'est moi, répond la vieille femme. Il faut vous le dire en quelle langue ? Ce recueil de recettes m'appartient ! Je m'en suis servi pour créer mon entreprise !

Lincoln feuillette le livre, stupéfait.

– Mon père a exactement les mêmes recettes, et il s'en est servi pour créer son restaurant !

– Intéressant, grogne Mildred. C'est donc ton père qui a eu le culot de me piquer toutes mes recettes ! Je veux le rencontrer immédiatement !

Oh, oh. L'enquête ne s'est pas du tout passée comme Lincoln le prévoyait. En essayant d'arranger les choses, est-ce qu'il n'aurait pas compliqué la situation ?

Et qu'est-ce que c'est que cette histoire, aussi ? M. Loud n'est quand même pas un copieur ! Et où est passé son propre livre de recettes, si ce n'est pas Mildred qui le lui a volé ?

Pendant tout ce temps, M. Loud n'a pas bougé de son restaurant. Il est inconsolable et épluche des pommes de terre pour se calmer les nerfs. Il chantonne, mais ses rimes ne sont plus aussi joyeuses.

– Dans ma cuisine… j'attends que ça bouille… mais sans mon livre… je ne suis rien du tout, sanglote-t-il.

Soudain, Lincoln et Clyde font irruption dans le restaurant.

– Papa ! crie son fils.

– Ace ! Jack ! répond M. Loud en séchant ses larmes. Vous avez trouvé une piste ? Je savais que je pouvais vous faire confiance !

Mais soudain, Mildred arrive à son tour, et il fronce les sourcils ; il ne la reconnaît pas.

– C'est elle, la voleuse du livre de recettes ? demande-t-il, surpris.

– C'est moi que vous traitez de voleuse, voleur ? grince Mildred.

Les deux se font face, furieux :

– Je devrais appeler la police ! rugit M. Loud.

– Qu'attendez-vous ? C'est vous qui finirez en prison ! réplique la cuisinière.

Le ton monte et les deux enfants se font de plus en plus petits, affolés par ce qu'ils ont provoqué en essayant de jouer les héros. Mais, en plein milieu de la dispute, Mildred s'arrête net :

– Bah… Est-ce que c'est toi, le petit Loud ?

– Madame Scalise ? souffle M. Loud, stupéfait.

– Attendez, intervient Lincoln. Vous vous connaissez, alors ?

– Bien sûr, sourit son père. Madame Scalise était ma prof de cuisine au collège. C'est grâce à elle que je suis cuisinier aujourd'hui !

– N'exagérons rien, lance Mildred en riant. Toi aussi, tu m'as appris tout un tas de choses.

– On inventait des nouvelles recettes et on revisitait les grands classiques, s'enthousiasme M. Loud.

D'un seul coup, l'ambiance a complètement changé. Au lieu de se disputer, les deux se regardent avec des larmes d'émotion dans les yeux.

Les pâtes au caramel

Mildred était donc la professeure de cuisine de M. Loud, et ils ont fait de nombreuses expériences ensemble. Mais, dans les souvenirs du père de Lincoln, c'était souvent une question de hasard total ; comme cette fois où il était en train de faire cuire des pâtes et qu'il a accidentellement bousculé un bocal sur l'étagère.

– Oh non, j'ai fait tomber de la sauce caramel dans mes croquettes de pâtes ! C'est fichu ! s'était-il désolé.

– Pas d'inquiétude ! Tout n'est pas perdu, avait répondu Mildred.

Elle avait plongé son doigt dans la casserole pour goûter et avait poussé un cri d'étonnement.

– Oh, c'est vraiment délicieux ! Le sucré fait ressortir le salé.

M. Loud avait été tellement heureux, ce jour-là ! Il se souvient d'ailleurs que, comme d'habitude, Flip avait fait une bêtise. À l'époque, le futur gérant de la station-service était un élève comme les autres – même s'il était un peu plus dissipé.

– Flip est demandé dans le bureau du proviseur, avait appelé le directeur. Une fois de plus…

– Bonjour, est-ce que je peux me cacher là ? avait demandé le jeune rebelle en entrant précipitamment dans la salle de cours.

– Reviens ici tout de suite, Flip ! avait rugi le directeur.

Le garçon s'était dissimulé dans un placard et avait fait un clin d'œil à la prof de cuisine :

– Merci, madame Scalise !

M. Loud et Mildred sont émus en se souvenant de cette scène.

– À chaque fois que nous concoctions un nouveau plat, j'écrivais la recette dans un carnet noir pour être sûre de m'en souvenir, souffle la cuisinière.

– Je faisais la même chose ! s'écrie M. Loud, stupéfait.

Ils ont passé tous les deux des heures chacun de leur côté à noter ce qu'ils avaient fait pendant la journée.

– Cela veut dire que personne n'a volé nos recettes, en fin de compte, comprend la vieille femme.

– Nous les avons créées tous les deux, confirme M. Loud. Et nous allons continuer à les partager. Finalement, mon restaurant et Le Fin du Fin des Festins Givrés peuvent coexister !

– Oh ! Je suis entièrement d'accord ! se réjouit Mildred. Au fait, vu que tu as perdu ton recueil, n'hésite pas à emprunter le mien, si besoin.

– Je vous remercie ! Que dites-vous de fêter ça en créant une toute nouvelle recette à deux ?

– Ah, dans ce cas, dis-moi où se trouve la sauce caramel !

Les deux amis se mettent des toques sur la tête et gloussent comme s'ils se retrouvaient trente ans dans le passé. Les enfants sont soulagés : ils ne sont pas passés loin de la catastrophe, mais tout est bien qui finit bien. Ils ont même réussi à organiser des retrouvailles imprévues.

– Encore une mission accomplie pour Ace Savvy et Jack le Borgne ! se vante Clyde.

– Oui, mais il y a une chose qui m'échappe, réfléchit Lincoln. Où sont passées les recettes de mon père ?

Au même moment, Leni dépose plusieurs livres sur le comptoir de la bibliothèque municipale :

– Je viens rendre des bouquins.

Mais soudain, Lola arrive comme une furie dans le bâtiment au volant de sa voiture rose à pédales, en renversant tout sur son passage :

– Leni ! Stop ! Ces livres n'appartiennent pas à la bibliothèque ! Ce sont le livre de recettes de papa, le recueil de poèmes de Lucy et mon journal intime ! Tu ne vois pas ces traces de paillettes ?

C'est vrai que Leni aurait pu s'en douter : sa sœur en a mis tellement dans son livre qu'une trace brillante

court de la maison des Loud jusqu'à la bibliothèque…

– Oh, oups ! Je voulais juste rendre service, répond sa sœur, ennuyée.

Leni est adorable, mais elle a souvent la tête dans les nuages et a du mal à tout comprendre. C'est donc elle qui a pris le livre de recettes de son père sans même s'en rendre compte !

– Récupère les livres et grimpe, crie Lola comme dans un film d'action. Direction le restaurant de papa pour lui rendre son carnet !

– Ce n'est pas la fin du monde ! Je suis sûre qu'il n'a même pas vu qu'il avait disparu ! proteste la jeune fille.

Nul doute que M. Loud sera ravi de retrouver son livre de recettes adoré.

Mais finalement, c'est grâce à l'étourderie de Leni que Lincoln et Clyde ont pu jouer à Ace Savvy et Jack le Borgne. Ils ont interrogé des suspects, ont tenté de nombreux déguisements, se sont faufilés dans une entreprise... On peut dire qu'ils ont passé une excellente journée !

Et surtout, c'est grâce à la disparition du livre que M. Loud a pu retrouver Mildred, sa prof de cuisine du collège. À eux deux, ils découvriront sûrement de nouvelles recettes improbables mais délicieuses qui mêleront le sucré et le salé. Comme du pâté aux bonbons ou des courgettes au chocolat.

Ou peut-être pas…

FIN

nickelodeon
BIENVENUE CHEZ LES LOUD
RETROUVE LA NOMBREUSE ET DÉJANTÉE FAMILLE LOUD EN DVD !
SAISON 1
SAISON 2
SAISON 3
Retrouve tous nos titres sur www.citel-video.com
Retrouve ta série sur nickelodeon
@citel.video
citel.video
@citel_video
Citel VIDEO
© 2021 Viacom International Inc. Tous droits réservés.

As-tu lu les autres aventures de Lincoln ?

Tome 1

Tome 2

Tome 3

Tome 4

Tome 5

Tome 6

Tome 7

Tome 8

Tome 9

Tome 10

Tome 11

Tome 12

Tome 13

Tome 14

Tome 15

Tome 16

Tome 17

Tome 18

Tome 19

Tome 20

Tome 21

Tome 22

Tome 23

Tome 24

Tome 25

Tome 26

Tome 27

Tome 28

Tome 29

Tous tes héros sont sur
www.bibliotheque-rose.com

Tu as aimé cette histoire ?
Retrouve la famille Loud
dans le prochain tome !

PUBLICITÉ

nickelodeon

BIENVENUE CHEZ LES LOUD

COLLECTIONNE TOUTES LES BD DE TA FAMILLE PRÉFÉRÉE !

Tome 1

Tome 2

Tome 3

Tome 4

Tome 5

Tome 6

Tome 7

Tome 8

Tome 9

Tome 10

Tome 11

Tome 12

Tome 13

Intégrale 1 :
Tomes 1/2/3

Intégrale 2 :
Tomes 4/5/6

Retrouve ta série sur nickelodeon

hachette